KARL VALENTIN

WAS WAR WAHR?
WAS WAHR WAR!

Anekdotisches

Gesammelt von Hannes König

mit einem Vorwort von

Bertl Böheim-Valentin

KUMM

KUMM-OLOGIEN
Nr. 116
ISBN 3-7836-0041-3

WILHELM KUMM VERLAG
OFFENBACH AM MAIN
1969

27.–30. Tausend: 73/381

Gesamtherstellung:
Otto-Druck KG · Heppenheim

VORWORT

Über berühmte Persönlichkeiten entstehen Anekdoten wie Pilze nach dem Regen. Auch um den bekannten Münchner Komiker Karl Valentin, sein bürgerlicher Name war Valentin Fey, rankt sich ein Blütenstrauß recht eigenartiger Erinnerungen. Dem verehrten Leser wird das verwinkelte, skurrile Denken auffallen, das all diesen kleinen Geschichten anhaftet. Aufmerken läßt auch jener Pessimismus, der sich überall spürbar macht — Ausdruck valentinischer Resignation über die gesunde Kraft des Lebens, das sich trotz aller bestehenden Konflikte siegreich über den abseitigen individuellen Frager Valentin durchsetzt. Der heitere Valentin hat immer noch eine Frage an den Ernst des Lebens. Die — nichterteilte Antwort — stimmt ihn traurig. Diese Trauer über die so leicht hingenommenen „vernünftigen“ Selbstverständlichkeiten des Alltages übersetzt uns sein Witz, der uns einerseits schallend auflachen läßt, andererseits nachdenklich stimmt.

Valentin ist aus diesen Gründen für viele kein Komiker, für viele gerade aus diesen Gründen der größte Komiker unserer Tage.

Seit dem Bestehen des „Valentin-Musäums“ in München sammelten wir diese Geschichten um Valentin. Es boten sich eine Unsumme von Witzen an, alle unter der Flagge Valentins segelnd. Alle authentisch, und die Erzähler hatten sie alle aus dem Munde Valentins „selbst“ gehört.

Wir beschränkten uns trotzdem auf diese Handvoll Anekdoten; sie stammen aus einem Personenkreis, der unmittelbar mit Valentin zu tun hatte. Eine kleine Garantie für ihre Echtheit und ein Blick hinter die Kulissen der „Lebensbühne“ eines großen Künstlers, den man einreihen muß in die Kategorie der Chaplin, Grock und Rivels.

Den Menschen Valentin aber, lernen wir durch nichts besser kennen als durch die kleine, nachfolgende Erinnerung der Tochter Valentins, Frau Bertl Böheim-Valentin:

„Gut dreißig Jahre lebten wir in unserem Planegger Häusl zusammen: der Vater Valentin, die Mutter und ich, die Tochter. Und das blieb auch so, als ich selber eine Familie hatte und von der Bühne abgegangen bin. Wie quicklebendig mein Vater Valentin sich gab, werden sich alle vorzustellen vermögen, die ihn persönlich oder von der Bühne her kannten.

Wir erlebten in der Familie das Entstehen seiner Szenen mit. Manchmal war es nur ein Bruchteil, schnell mit einem Bleistiftstummel auf einen Zettel gekritzelt. Als ihm einmal ein wirkungsvolles Ende für einen Einakter einfiel, meinte er: ‚D Hauptsach' is, i hab an guatn Schluß, dös andere fallt' mir dann scho ein!'

Der Bleistift war kaum weggelegt, da hatte mein Vater schon wieder in seiner Werkstatt zu tun, an der Drehbank oder an der Hobelbank.

Requisiten waren zu basteln, kleine Dosen zu drechseln, sein Hauptspaß, oder auch Scheren zu schleifen. Aber auch damit konnte er sich nicht lange aufhalten, denn schon war wieder ein Besuch gemeldet. Besonders wenn jemand mit Altmünchner Fotografien kam, vergaß er seine Umwelt aus lauter Sammelleidenschaft: ‚Ja, was is denn dös? Ja wunderbar! ... Dös is ja der alte ... ja freili is ers ... Ja, was is dös ...!' So ging es in einem fort, und seine Begeisterung wollte kein Ende nehmen. ‚Frau!' sagte er dann zu meiner Mutter, ‚mach den Tisch frei ... ich brauch Platz für meine Buidln!' Schon wurde mit Hingabe sortiert, geschnipselt und ge-

pappt. Der Apfelstrudel und meine Mutter mußten aus der Küche weichen ...
Denn zwei Lieblingsräume gab es in unserem Häusl für meinen Vater: seine Werkstatt und die kleine Küche.
Ab und zu tat meine Mutter einen tiefen Stoßseufzer: ‚Na, na er is schon ein Sonderling, unser Vater, und leicht hat ma's net mit ihm, aber wenn ich nochmal jung wär' ... ich tät ihn wieder heiraten!' "
Und nun die Anekdoten — die mehr als alles andere über Karl Valentin sagen.

Hannes König

Nachwort zum Vorwort der 1000000000. Auflage.
Eine wahre Freude — ein nationales Ereignis — eine bewegende Tatsache ist es — das Valentin-Anekdoten-Büchlein muß wieder neugedruckt werden — es ist verschwunden — es gibt es nicht mehr — man hat es ausverkauft, und das in Deutschland!! Freuet euch, ihr Nachbarvölker!! In Deutschland lacht man nun auch schon — über einen deutschen Komiker!!!!

Auf Wiedersehen bei der nächsten 0000000000. Auflage! Ihr Hannes König in gröbster Demut!!

Nachwort zum Vorwortnachwort:
Und wenn Sie einmal nach München kommen — im Isartorturm ist sein (Valentin-)Musäum!!

PROMINENTE MEINUNGEN ÜBER VALENTIN AUS DEN „GOLDENEN“ 20ER JAHREN

Wilhelm Hausenstein:

„Chaplin und Valentin, Brüder im Mißgeschick, zwar verschieden; aber ich wage zu sagen, daß Valentin nicht weniger Kunst enthält als Chaplin."

Bertolt Brecht:

„Das ‚Christbaumbrettl' von Karl Valentin ist, vom literarischen Standpunkt betrachtet, ebenso wie die anderen Stücke Valentins, ein dramatisches Produkt von Rang. Seiner inneren Struktur wie nach seinen Darstellungsmöglichkeiten greift es auf die Urformen jeder dramatischen Kunst zurück.
Da Valentin, ein Darsteller allerersten Formats, ebenso wie ein Nestroy, die Hauptrollen seiner Stücke selbst verkörpert, gewinnen diese Stücke, die diese Zeit und die Menschen dieser Zeit in den Spiegel der Komik einfangen, ein besonderes Gesicht."

Tim Klein:

„Karl Valentins Komik umschließt das Geheimnis allen tieferen Humors, daß wir nämlich über uns selber lachen, indem wir uns einbilden, über ihn zu lachen."

Heinrich Mann über Valentin:

„Valentin verbindet derbste Volkstümlichkeit mit einer merkwürdig geisternden Phantasie. Das macht ihn so besonders."

Roda Roda:

„Karl Valentin: Ein Freudenfest des Auges und des Ohres. Gebt ihm den Nobelpreis der Komik, des Humors!"

Egon Erwin Kisch:

„Doch spielt der liebe Valentin, macht keine Umständ: geh'!" (Nach Raimund)

Kurt Tucholsky:

„Auf einen großen Komiker namens Valentin.

Du stolperst auf den langen Beinen —
da stehst du nun, Karl Valentin . . .
Da fragt man sich:
Ja, gibt es Dich?
Wir werden wohl vor Lachen weinen —
Grüß Gott! Willkommen in Berlin!"

Max Halbe:

„Wir alle in München lieben Sie. Das wissen Sie längst. Daß man Sie in Berlin nicht weniger lieben wird, werden Sie bald erfahren. Und kehren Sie als ein doppelt Willkommener wieder nach München zurück.

In treuer Verehrung
Ihr alter Max Halbe."

Paul Morgan:

„Dieser gespenstische Clown mit seinem sophistischen Unsinn ist ein Erlebnis. Er steckt alle Grocks und Fratellinis der ganzen Welt in die Tasche."

Alfred Kerr:

„Woraus besteht er? Aus drei Dingen. Aus Körperspaß. Aus geistigem Spaß. Und aus gewollter Geistlosigkeit. Sein Mittel: Die R u h e. Die Unbeirrbarkeit."

Carl Zuckmayer:

„Er darf nicht eher wieder fortgehen, bis er nicht alle seine Volkskomödien hier gespielt hat."

Alfred Polgar:

„Karl Valentin — ein bezwingender Komiker und mehr als das. Man muß furchtbar lachen über ihn, obzwar er gar nicht lustig ist.
Valentin ist ein Spaßmacher aus dem Volke. Sein Witz hat das Kindliche, das ein unzerstörbarer Grundstoff der sogenannten Volksseele ist, das Neugierige, Schadenfrohe, Verspielte, Trotzige, Aufgeweckte, Terrible; und übet in Einfalt, was kein Verstand der Verständigen sieht. Ein kostbares Phlegma der Narretei.
Er hat den Galgenhumor eines zum schlimmen Leben Verurteilten, die Bosheit seiner Ohnmacht und das Glücksgefühl, frech und rebellisch denken zu dürfen. Er ist ein Gespenst und doch ein Münchner. Er ist ein Phänomen und spottet der Analyse."

Max Herrmann:

„Köstlicher Winterbeginn. Karl Valentin und Liesl Karlstadt werden in Berlin sein. Nun braucht man die Münchner um nichts mehr zu beneiden."

WAS WAR WAHR?
WAS WAHR WAR!

„Wann stehen Sie denn auf, Herr Valentin?" fragt jemand den Komiker. — „Ja, so ungefähr um 7 Uhr 96 Minuten", war die Antwort.

*

Die Frage, wie es ihm geht, beantwortet Valentin mit: „Danke schön, besser als morgen!"

*

In einer ausgelassenen lustigen Gesellschaft sitzt Valentin todernst, ohne eine Miene zu verziehen. Einer der Gäste redet ihm zu: „Lachens doch a a bissel, Herr Valentin!" — „I dank Eahna schön", antwortet er, „i hab vorhin scho glacht!"

*

Bei einer Drehpause in Geiselgasteig geht Valentin zu einer Musikergruppe, die im Film mitwirkt, hin und fordert sie auf, sein Lieblingslied zu spielen.
Auf die Frage des Kapellmeisters, welches Lied das sei, antwortet der musikliebende Valentin: „Da Bayerische Präsentiermarsch."

*

Jemand wundert sich über Valentins Blässe: „Blaß? I bin doch net blaß! Ja, als gelerntes Kind, da war i blaß, da hams mir nur mit der Schneebrilln anschaugn könna!"

*

Als sein Lieblingshund Bobsi das Zeitliche segnete, trug ihn Valentin zu einem befreundeten Parkwächter an der Isar und ließ das „Viecherl“ unter einem Baum eingraben. Nur die Tochter des Parkwächters wurde Zeuge für die Tränen, die Valentin um den Hund Bobsi vergoß. Nach der Beerdigung gab er dem Mädchen zehn Mark mit der Bedingung: „Aber sagt's niemand, daß i wega dem Hund g'woant hab'!“

*

Auf einem Stuhl in Valentins Zimmer steht eine Fotografie von Bobsi, dem Lieblingshund, der eingegangen ist. „Das war sein Lieblingsplatzerl, und da darf er immer bleiben, auch wenn ich umziehe.“ Auf die Frage, daß Valentin den Hund doch nicht dalassen könne, meinte er: „Da hams recht, muß i den Stuhl doch mitnehma!“

*

Liesl Karlstadt erzählte: Wir saßen in einem Wirtsgarten. Das Wetter war herrlich, ringsum größte Stille und alles sehr behaglich. Doch Valentin rückt unentwegt auf seinem Stuhl herum, drehte sich besorgt um, hielt die Hand vor die Augen, bis ich ihn fragte, ob er glaube, daß ein Wetter komme, oder ob er sich nicht wohlfühle. Auch in der Ankunft neuer Gäste vermutete ich den Anlaß zu seiner Unruhe. Er schüttelte mit dem Kopf, um endlich zu gestehen: „Na, na, Wetter kimmt heit koans, der Wind legt sich auch, die paar Leut stören mi net, aber oan trau i net — da — (schrie er plötzlich vom Stuhl aufstehend und in die Zweige deutend), da fliegt er scho zum fünftenmal über mei Bier und i hab koan Deckel auf mein Maßkrug, der Sauspatz, der mistige!“

*

Valentin hat einen Gast beim Essen. Dieser erkundigt sich, ob das Salz oder Streuzucker auf dem Tisch ist. „Selbstverständlich is dös Salz und koa Zucker net, des sehng's doch scho an der weißen Farb'!"

*

Gefragt, warum er ein Engagement in Wien ablehne, antwortete Valentin: „Ja mei, was tua i in Wien? I hab mei Frau, mei Schwiegermutter, mei Freundin und meine Schulden in München — was tat i da in Wien?"

*

Valentin, ein von seinen Bühnenkollegen gefürchteter Improvisierer, blinzelt einst in einer Aufführung, in der er einen Trompeter mimt, besonders umständlich in sein Notenblatt. Längst war das Stichwort von seiner Partnerin Liesl Karlstadt gefallen. Bösartig blinzelt Valentin auf sein Notenblatt — auf den Kapellmeister alias Karlstadt. Diese überbrückt die Pause schlagfertig; eingehend auf die glaslose Requisitenbrille Valentins: „Was hams denn do für Glasln auf? Ohne Glasln, da sehngs doch gar nix?" Jetzt war Valentin in die Enge getrieben, aber blitzschnell kam die improvisierte Antwort: „Besser sans, wia gar koa!" So erzählt von Liesl Karlstadt.

*

Bei einer Vorstellung „Theater in der Vorstadt" improvisierte Liesl Karlstadt den Satz: „Ich kann mich auch nicht aufhängen, nur wegen dem dummen Kragenknöpferl!" Valentin fügte blitzschnell hinzu: „Warum nicht?"

*

„Gestern hab ich eine Leiter fabriziert“, erzählt Valentin in der Garderobe des Deutschen Theaters den Kollegen. Interessiert fragt einer von ihnen, ob er ihm nicht auch eine anfertigen möchte, seine Frau brauche schon lange eine Leiter. „Wieso“, fragt Valentin, „san Sie mit an Laubfrosch verheirat, schaungs, i mach doch bloß Leitern für Laubfrösch!“

*

Karl Valentin: „Am 25. August kaufte ich einen Blumenstock und stellte ihn auf die Ludwigstraße. Ich verstehe nicht, daß die Leute sagten: „Aber Herr Valentin, einer Straße kann man doch nicht gratulieren.“ — „Ich möcht wissen, warum nicht, wenn sie doch ‚Ludwigstraße‘ heißt.“

*

Valentin lernte das Autofahren, gab es aber bald wieder auf, er war dieser modernen Erscheinung nicht gewachsen. Trotzdem holte er einmal einen Münchner Steinmetzmeister in dessen Wohnung ab und forderte ihn mit den folgenden Worten zum Einsteigen auf: „Steign's nur ei, beim Aussteig'n helfa Eahna scho d' Sanitäter."

*

Valentin begegnet auf einem Spaziergang einem Mann mit einer riesigen Dogge, die in einigem Abstand hinter dem Manne hertrottete. Valentin sah den Hund an, sah den Mann an und fragte schließlich den Mann: „Entschuidigens, g'hör'n Sie dem Hund?"

*

Alois Zahnweh, ein Schulfreund Valentins, teilt uns folgende Anekdote mit:
An einer besonders tiefen Stelle der Isar erteilte Valentin einem aus unserem Freundeskreise Schwimmunterricht, indem er ihm nach seinen Vorschriften die Schwimmbewegungen durchführen ließ und ihn, an einem Strick durch die Arme gezogen, über Wasser hielt. Die Isar, an dieser Stelle sehr reißend, machte es Valentin mitunter sehr schwer, den Freund über Wasser zu halten. Nach leidlichem Gelingen dieses Unterrichtes, sagte Valentin zu seinem Schüler: „Jetzt, wenn der Strick g'rissen war, nacha warst verlorn gwesen, denn i kann net schwimma!"

*

Als auf dem Nachbarhaus Valentins in Planegg der Kaminbauer Reiswitz einen Schornstein aufmauerte, holte sich Valentin einen Stuhl in den Garten und beobachtet aufmerksam alle Vorgänge des Kaminbaues. Nach Beendigung der Arbeiten fragte er den Kaminbauer: „Jetzt sag'ns a mal, ham Sie zuerst den Kamin baut oder zuerst das Kaminloch?"

*

Valentin und das Gästebuch:

Im berühmten Münchner Restaurant Schwarz lag ein Gästebuch auf. Bekannte Namen bestätigten dem Koch des Hauses, daß „es geschmeckt hat". Auch Max Reinhardt und Richard Strauß legten dies Zeugnis in leserlicher Schrift ab. Anders Valentin. Er zeichnete sich ein in eindrucksvoll markigen Schriftzügen, deren sich weltberühmte Professoren nicht hätten schämen brauchen. Aber was bedeuteten diese fünf Zeilen? Wer kann sie entziffern? Niemand! Denn Valentin mimte nur „Schrift". Er tat es so glaubhaft, daß man die Schnörkel an den sinnlos aneinandergereihten Worten immer noch einmal einer genauen Prüfung unterzieht, um auf den Inhalt zu kommen. Vergebens! Nur Karl Valentin und die Jahreszahl 1931 bleiben lesbar. Die lapidaren Sätze der von einem findigen Wirt aufs Eis geführten Koryphäen aller Gebiete wurden von Valentin als das entlarvt, was sie waren — Unsinn!

*

Der Stadtrat Dr. S. und ein guter Bekannter von ihm hatten bei Valentin ihren Besuch angesagt. Es war Winter. Auf dem Wege zu Valentin trafen sie einen gemeinsamen Bekannten und gingen nun zu dritt zu Valentin.
„Entschuldigen Sie, Herr Valentin, daß wir zu dritt kommen“, begrüßten sie Valentin. Gastfreundlich meinte dieser: „Ja mir macht dös nix aus, bloß — i hab nur für zwei Personen ein Feuer g'macht!“

*

Im „Gläsernen Eck“, einer altrenommierten, bürgerlichen Wirtschaft Münchens, sitzt Karl Valentin mit Schauspielkollegen, als ein neu hinzugekommener Gast berichtet: „Jetzt regnet's ganz fürchterlich!“ Valentin fragte nur: „Draußen?“

*

Liesl Karlstadt und Valentin gastierten in Berlin. Beide betraten ein vornehmes Lebensmittelgeschäft. Valentin interessiert sich für Süßigkeiten. Das vornehme Fräulein, das zu seiner Bedienung herbeikommt, weiß mit seiner Bestellung nichts anzufangen. Immer wieder sagt es ihr Valentin vor. Langsam — laut — ja er buchstabiert es schließlich. „Freilein, G-u-z-z-e-l-n!! Guzzeln!!“ Umsonst, die Berlinerin versteht die bayerische Dialektbezeichnung für Bonbons nicht. Valentin weidet sich noch an der Szene, bis dann Liesl Karlstadt auf eine Packung deutet und den Einkauf ermöglicht.

*

Die Rettungsabteilung der Feuerwehr stand mit einem Wagen auf einer Brücke der Isar in München. Passanten sahen interessiert über die Brükkengeländer dem Tun der Feuerwehr zu. Valentin kommt des Weges und stellt an einen Zuschauer die Frage: „Sie Herr! Brennt’s in da Isar?“

*

Am Münchner Faschingszug von 1934, der von den Nazis besonders „prunkvoll“ aufgezogen war, beteiligte sich Karl Valentin mit einem eigenen Wagen. Auf diesem lagen einige verbogene Eisenteile, ein alter Beleuchtungskörper und eine Malerleiter mit einigen Farbkübeln. Dazu ein Schild, auf dem die verdutzten Münchner lesen konnten: „Entschuidigen's, mirs san net fertig wor'n! Karl Valentin, Liesl Karlstadt.“

*

Valentin: „Was, von München bis Tegernsee ist die Autobahn lang. I hab's noch nie g'sehng. Ganz brauchat is a net sehng, bloß so a Stückl!“ (deutet ungefähr auf Meterhöhe vom Boden).

*

Valentin spielte im privaten Kreise Zither. Plötzlich ertönten bei ihm, den genialen Spieler, Mißtöne auf dem Instrument. Er schüttelte den Kopf, ließ sich einen Meterstab bringen, maß umständlich am Instrument herum und sagte schließlich: „Ja, ja, es geht halt doch ganz genau zua, bei da Musi!“ Später gab es eine Szene von ihm, in der er sich auch als Zithervirtuose produzierte und sich vergriff. Durch eine „Stimme aus dem Publikum“ auf den Fehler aufmerksam gemacht, reagiert er wütend: „Dös hör’ i schon selber!“ und spielt weiter. Plötzlich kramt er einen Meterstab aus der Tasche, mißt am Instrument herum, um mürrisch zuzugeben: „Na ja! Sieben Zentimeter! Dös hört ma natürli schon!“

*

Leopoldi kommt aus Wien, meldet sich telefonisch bei Valentin an und freut sich, nach jahrelanger Trennung Valentin wieder zu treffen. Als er in die Wohnung kommt, war Valentins erstes Wort: „Geh, red ma glei von was anders“!

*

Liesl Karlstadt erzählte, daß Valentin immer ein winziges Endchen eines Bleistiftes mit sich führte und damit schrieb. Einmal ärgerte sie sich darüber und fragte ihn, warum er denn nur so ein Stümpchen von Bleistift zum Schreiben verwendet und nicht einen brauchbaren Stift besitze. Valentin antwortete ihr: „Woaßt, mit an langa Bleistift fallt mir nix ein!“

*

Valentin kommt zur Weihnachtszeit in die Konditorei A. und kauft ein Päckchen Lebkuchen. Der Inhaber, Herr A., packt sie ihm nochmals ein, Valentin bezahlt und verläßt das Geschäft.
Nach wenigen Minuten erscheint er wieder und richtet an Herrn A. die Frage: „Sie entschuidigen's, is in dem Packl a Gebrauchsanweisung drin?“

*

Ein Bekannter Valentins frägt den Komiker: „Sie haben ja ein neues Stück geschrieben, Herr Valentin?“ Worauf dieser die Antwort gibt: „I? Sie, da woas i gar nix davon. Aber wenn Sie dös moana, was mir jetzt im Kolosseum spuin, des hab i net g'schrieb'n, sondern zusammengeschwitzt!“ Gemeint war: „Der verhexte Notenständer.“

*

Einem ähnlichen Frager erteilte Valentin folgende Antwort: „Na, na, erst an Titel hab i dazua vergessen!“

*

Der ehemalige Besitzer der bekannten Münchner Gaststätte „Torbräu“, direkt am historischen Isartor gelegen, richtete eines Tages seine Blumen vor den Fenstern.
Da redete ihn jemand an. Er erkannte an der Stimme Valentin, der in dieser Gaststätte bekannt war. Valentin fragte: „Sie Herr, bittschön, was is denn dös für a groß' Tor da?“ Der Gefragte wendete sich gelassen um, betrachtete das im Jahre 1337 erbaute Isartor und sagte ohne Valentin anzusehen: „Dös woas i net. Gestern war 's no net da.“ Valentin bedankte sich über die gute Auskunft und ging seines Weges. Erst nach einigem Abstand drehte er sich um und grüßte anerkennend zurück. Er hatte Achtung vor der Schlagfertigkeit.

*

Am Biertisch behauptet einer, Bayerns höchster Berg, die Zugspitze, sei 2000 Meter hoch. Valentin winkt ab und behauptet: „3000!“ Der andere ganz erbost: „2000 Meter! I war doch drom vor 20 Jahr!“ Valentin: „Ja mei, Herr Nachbar! Vor zwanzig Jahr, aber heit!“

*

Die Frau eines Kollegen Valentins wußte, daß dieser für das Deutsche Theater Freikarten bekommen könne. Sie bat ihn um einige, weil sie das „Weiße Rössl" sehen wollte, und bekam folgenden erbosten Brief: „Sehr geehrte Frau! Ich finde es furchtbar lustig, daß Sie von mir als Komiker, der im Kolosseum auftritt, ausgerechnet Freikarten für das Deutsche Theater verlangen. Fragen Sie auch Ihre Schneiderin um eine gute Schneiderin, bei der Sie Ihr nächstes Kleid machen lassen wollen? Ich fühle mich sehr zurückgesetzt und habe über diesen Fall bereits achteinhalb Tränen geweint. Anbei spende ich Ihnen zwei Steuerkarten à 40 Pfennig für das Kolosseum. Leider haben wir keine weißen Rösser, sondern nur braune Bären. Sollten Sie aber Weiß als Lieblingsfarbe haben, lassen wir die Bären an diesem Abend weiß färben. Mit Deutschem Theatergruß Ihr gans ergebener K. V."

*

Ein Schauspieler-Kollege Valentins sieht diesen vor einem Gemüseladen in der Schillerstraße stehen und sich Notizen auf ein Blatt Papier machen. Valentin geht ein Haus weiter, hält vor einer Apotheke, starrt lange ins Fenster, zieht sein Papier, notiert etwas. Nebenan kommt ein Milchgeschäft, Valentin notiert auch vor diesem, geht weiter, hält vor einer Bäckerei. Der Schauspieler begrüßt den Komiker und fragt ihn nach seinen Aufzeichnungen vor allen Geschäften. Valentin: „Dös kann i Eahna erst in ca. drei Tag sagn!"
Am dritten Tag, nach diesem Gespräch, kurz vor dem Auftreten, steht Valentin neben seinem Kollegen, bereit, seine Nummer vorzutragen. Kurz bevor der Vorhang hochgeht, sagt Valentin zu seinem Kollegen: „Jetzt hörn Sie's, was i aufgschriebn hab!" Trat auf die Bühne und sang sein neues Couplet: Das humoristische Küchenrezept:

„Drei Kohlrabi hackt man klein,
tut das in an Hafen rein,
Etwas Pfeffer, etwas Salz, dazu einen Löffel Schmalz.
Drei Zitronen ohne Kern — den Geschmack, den hat man gern.
Kalte Soß vom Rehragout schüttet man dem Ganzen zu!
Auch Leberkäs und Honig, Sardinen und Spinat,
Gefärbte Eierschalen, mit Mandelschokolad.
Auch Paprika und Erdbeer, zwei Liter Lebertran,
Schweizerpilln und Sauerkraut, Zungenwurst mit samt der Haut.
Naftalin und Wagenschmier, feingeschnittenes Glaspapier.
Ananas und Karfiol, Bismarckhering und Odol,
Essiggurken, Fliegenleim — das kommt alles mit hinein.
Ist dann alles drin, was ich so eb'n diktiert,
wird das Ganze mit dem Löffel umgerührt.
Glaubn Sie sicher, es schmeckt wirklich delikat.
— So entsteht der italienische Salat!" —

*

Valentin und Liesl sind in Wien bei einem berühmten Komponisten zum Tee eingeladen. Fünf Uhr war verabredet. Der Gastgeber wartet umsonst bis sieben Uhr und geht dann weg. Zehn Minuten später kommen die beiden an. Die Hausfrau bedauert, daß sie zu spät gekommen sind. „Macht nix“, meint Valentin, „mir kommen dann morgen um die gleiche Zeit, nur 10 Minuten früher!“

*

Fräulein Schellinger, Sekretärin im Alber-Verlag, erzählt uns: Einmal holte ich Diapositive in Glasrähmchen bei Valentin ab. Beim Abschied gab er mir den besorgten Rat: „Gellns, Fräulein, Sie lassens net zu oft falln?“

*

Valentin machte es seinen Zuhörern mitunter sehr schwer. Plötzlich in einem völlig ernsten Gespräch, ließ er unartikulierte Wortgebilde wie „arkowurti, fataulunamor, wirzikatomoro, wissens scho gell!" hören, um dann völlig ohne Überleitung weiterzusprechen.

*

Der Vereinsvorsitzende der Münchner Volkssänger Mayer Hias kam zu Valentin mit der Bitte um eine Spende für eine Vereinsfahne. Valentin hörte ihn an und gab ihm einen Fünfzigmarkschein mit der Bemerkung: „Zua wos braucht's ös a Fahna? Da hast fuchzg Markl, kaaft's eich an großen Hafen, und a guat's Rindfleisch, dann habt's wenigstens a guate Supp'n!"

*

In einem Münchner Eisenwarengeschäft verlangt Valentin eine Kartoffelwaage für junge Kartoffeln. Die erstaunte Verkäuferin wird nach der verneinenden Antwort von Valentin an das Schaufenster geführt. „Da stellns ja junge Kartoffelwaagen aus!“ Sagt’s und deutet auf eine — Briefwaage.

*

Ein Kellner fragt: „Welches ist Ihr Mantel, Herr Valentin?“ Dieser antwortet: „Der mit zwei Ärmeln!“

*

Valentin und Liesl Karlstadt fahren in der Straßenbahn. Der Weg führt über den Sendlingertorplatz. Dort steigt aus einem prachtvollen Blumenrondell eine hohe Fontäne in die Luft. Ganz verstört deutet Valentin hinaus und sagt zu Liesl: „Da schau naus, a Mords-Wasserrohrbruch!"

*

Karl Valentin hatte in seinem winzigen Vorgarten seiner Planegger Villa ein kleines Almhäuschen, das auf einer Erdaufschüttung von vielleicht 40—50 cm gebaut war. Fräulein S. wurde von ihm aufgefordert: „Da müssens a moi naufgehn (es waren 2 Holzstufen), was da für a schöne Aussicht ham!"

*

Valentin sitzt im Vorzimmer einer Redaktion. Plötzlich deutet er auf ein Regal, auf dem Leitzordner aufgereiht stehen: „Sie Fräulein", fragt er die Sekretärin, „Ham Sie so viel Mäus? Alles o'gfressen!" Und deutet auf die Grifflöcher in den Ordnern.

*

Liesl Karlstadt und Valentin suchen eine bekannte Dame auf. Es wird ihnen gesagt, daß sich diese nicht zu Hause befindet. Worauf die Liesl meint: „Ja, dös is dumm, es wäre sehr wichtig!" Valentin schaltet sich, heftig mit dem Kopf nickend, ein: „Ja, wenns nämlich nicht so wichtig wär, wär's gar net so wichtig".

*

Der Münchner Friseurmeister Kessler erzählt: „Valentin ließ einmal bei uns einen Zehnmarkschein wechseln. Meine Mutter gab ihm einige Münzen und einen Fünfmarkschein zurück. Valentin ließ die Münzen einzeln auf die Zahlplatte fallen, um den Klang der Münzen zu hören. Aber auch den Papierschein. Er ließ ihn nochmals fallen und sagte schließlich: „Hörn's Sie's Frau! der is net echt, dös merk' i am Klang!“

*

Valentin besuchte die Familie E. und begrüßte die Frau des Hauses in der Küche, die nicht allzugroß war. „Was“, sagte Valentin, „in der kleinen Küch' kocha Sie? Da könna 's aber höchstens oan Knödl kocha herinn?“

*

Frau S., die als junges Mädchen für Valentin schwärmte, erzählte folgende Geschichte:

Des öfteren schickte es sich, daß ich mit der gleichen Straßenbahn fuhr wie der große, von mir sehr verehrte Komiker. Wir wohnten in unmittelbarer Nähe, und Valentin kannte mich also auch.
Eines Tages begab sich Valentin, der auf der Plattform der Straßenbahn fuhr, in das Wageninnere und sagte zu mir: „Sie Fräulein, können Sie mir a Zehnerl leihn?“ Ich war überglücklich, dem großen Valentin einen Gefallen erweisen zu können.
Am andern Tag traf ich ihn an der Haltestelle der Straßenbahn. Er grüßte und gab mir das Zehnerl mit folgenden Worten zurück: „Wissen's i hab gestern bloß a Vierzigpfennigstück dabei g'habt und dös hab' i net wechseln lassen woll'n!“

*

HK: Als ich in der Wohnung Valentins eine kleine Bühnenrequisite für Valentin bemalte, hörte man das Surren eines Flugzeuges. Das war damals noch sensationell genug, um aus dem Fenster zu sehen. Valentin lief an das offene Fenster und rief laut hinauf: „Sie Herr Flieger! He.. Sie! — Mei Maler sieght nix, wenn Sie dauernd vor der Sonna stehn bleiben. He, weiterfliegen, sag i!“ Der Flieger flog weiter, was er so vorhatte. Valentin jedoch wandte sich zu mir und meinte: „Hab'ns sie's gsehng... hat's scho g'hört!“

*

Valentin setzte schon frühmorgens seinen steifen Hut auf: „Wissens, daß ich ihn net vergeß heut abends, zum runtertun, wenn i ins Bett geh!“ — erklärte er seinen Besuchern.

*

Als Valentin mit seinem kleinen Foxl Bobsi von einem Fotografen beim Spazierengehen geknipst wurde, lehnte er das ab mit den Worten: „Na, na, des mag i net, dann hoaßts glei wieder in der Zeitung, was die Komiker für an Haufen Geld verdienen müssen, wenn sie sich scho an Hund halten können!"

*

Am Biertisch trug einer die unerwartete Frage an Valentin heran: „Was ist der Unterschied zwischen einem Brief und einem Hund?" Valentin entschied gelassen: „Gar koana — der Brief is adressiert und der Hund is a dressiert!"

*

Valentin war immer wieder empört, wenn sein Name von Persönlichkeiten norddeutscher Prägung mit W — also Walentin ausgesprochen wurde. Die Gattin des bekannten Regisseurs Engel begrüßte ihn einmal mit: „Morgen, Herr Walentin". Valentin erwiderte darauf lediglich: „Wie gehts Ihrem Herrn Water?"

*

Wenn sich Besucher bei Valentin wunderten, warum sein Namensschild innen an der Tür angebracht war, meinte er: „Ja, dort sei muaß oans, aber a jeder brauchts ja net lesen!"

*

Alois Zahnweh, der Schulfreund Valentins, wollte zur Erinnerung an ihre Jugendzeit das Anwesen der Eltern Valentins und den Hof, in dem sie zusammen spielten, photographieren. Valentin versprach ihm auch ein Bild.
„Aber zuerst lassen wir das Vorderhaus abreißen, daß mir es besser auf die Platten bekommen."

*

Es läutet an Valentins Türe, ein Bettler klagt sein Leid, die Frau sei krank, die Kinder müßten in die Schule usw. Valentin geht in die Wohnung, holt Geld, fragt aber nochmals, bevor er gibt: „Was ham's g'sagt? Eahna Frau muß in'd Schul und d' Kinder san krank?"

*

Drei logische Untersuchungen Valentins:

„Selten fuhr kein Auto hinter dem anderen."

„Genauso schwer ist es, wenn man während des Sitzens aufsteht und erst dann gehen will, wenn man sich niedergelegt hat."

„Ich bin seit langem zum erstenmal wieder in Berlin." (Zitate anläßlich einer Pressebesprechung Valentins, 1935 in Berlin.)

*

An einer Straßenbahnhaltestelle steht ein Fräulein, sichtlich nervös. Valentin: „Fräulein, pressiert's Eahna?“ Fräulein: „Ja, schon 8 Minuten warte ich auf die Elfer!“ Valentin: „Müssens denn unbedingt mit der Elfa fahrn, wenns Eahna so pressiert!“ Fräulein: „Ja, kann man denn auch anders zum Bahnhof kommen?“ Valentin: „Ja, freili! Wenns Eahna pressiert, scho! Da fahrns jetzt glei mit der Neuner da und steigns am Stachus in Zweier um. Neun und zwei gibt elf!“ Schon im Weggehn: „Umständlich sans scho die Weiber!“

*

Valentin sitzt am Uferrand der Isar. Ein Vorübergehender erkennt ihn und fragt ihn, auf was er warte. Sagte Valentin: „Aufs nächste Hochwasser!“

*

Die Liesl erzählte, wie betreten sie war, als Valentin einen fremden Mann, der aber den berühmten Komiker kannte und immer bemüht war, am Wirtstisch mit ihm ins Gespräch zu kommen, plötzlich mit der Frage anging: „Sie, ich bin finanziell in großer Verlegenheit, könnten Sie mir aushelfen?“ Der andere, erfreut, Valentin helfen zu können, erklärte sich sofort bereit: „Wieviel brauchen Sie, Herr Valentin, Fünfzig Mark?“ Valentin: „Ja, ja, mir war a scho mit hundert geholfen!“ Valentin verwendete diesen Einfall später in seinem Sketch: „Der Bittsteller“ fast wörtlich.

*

Valentin bringt ein Paar Schuhe zum Schuhmacher und frägt, wann er diese wieder abholen kann. Der Schuster sagt: „In acht Tagen, Herr Valentin!“ Seufzend erwidert Valentin: „Oh mei, oh mei, in acht Tag! Acht Tag ham's g'sagt?“ Der Schuhmacher: „Ja, acht Tag, Herr Valentin! Brauchens Sie's eher?“ Valentin: „Na, das is ja grad, i brauch's erst in neun Tag!“

*

W. P. erzählt: Ich traf Valentin in der Kaufingerstraße und sagte ihm, daß ich ihn vergeblich im Stammlokal gesucht hätte. „Ja, gestern", sagte er, „ham mir zu Hause Weihnachten gefeiert!" „Was", fragte ich ihn erstaunt, „gestern, am 15. Mai?" „Mai ham mir scho? Ja, drum war der Christbaum so billig!"

*

Valentin zu Egon Lehrburger in Berlin: „Ja — jetzt san ma scho drei Monat in Berlin. Am dreißigsten fahrn ma zruck nach München. Hoffentlich gibts dort an Schnee. Neulich hab i scho bei an Münchner Kostümverleih ein Paket Schnee bestellt, damit i meine Berliner Freund zeign ko, daß er bei uns ganz weiß ist — und auf's Paket hab i naufschreibn lassen: ‚Vor Wärme schützen!'"

*

Wer je einer Filmaufnahme beigewohnt hat, weiß, was für ein Riesenorganismus da so mitwirkt. Aufnahmeleiter, Drehbuchautor, Kameramänner, Beleuchter, Komparsen, Bühnenarbeiter, Maskenbildner usw. umgeben ihr armes Opfer, den Schauspieler. Die Kamera surrt, kein Laut im Atelier — der Schauspieler gibt sein Letztes her — Valentin auch —, aber einmal zog er mitten in der großen Szene plötzlich die Uhr, stürzte mit dem Ruf: „Da Zeppelin kimmt“ aus dem Atelier, trotz Drehbuchautor, siehe oben . . .

*

Valentin sitzt im August in einem Wirtsgarten und reibt sich fröstelnd die Hände. Ein anderer Gast fragt nach dem Sinn dieses Händereibens. Valentin: „Ja mei, wissns, dös bin i scho so g’wohnt, vom Winter her!“

*

Herr B. ging mit seinem erwachsenen Sohn in eine Vorstellung Valentins und wollte ihm seinen Schulfreund Valentin vorstellen. Nach der Vorstellung ging Valentin durch das Lokal, und Herr B. rief ihm zu: „Hallo Karl“! Valentin stutzte, ging aber weiter mit der Bemerkung: „Woll'n Sie mi a scho wieder kenna? I kenn Eahna fei net!“. Betroffen stand B. vor Valentin und seinem feixenden Sohn. Vergeblich erinnerte er Valentin an gemeinsame Schuljahre. Valentin zuckte die Schultern und verließ den Raum. Blamiert saß der Vater beim Sohn und hatte keine Erklärung für diesen Vorgang. Nach einiger Zeit kam Valentin zurück, bemerkte die beiden am Tisch, winkte schon von weitem und fragte: „Hast du di recht g'ärgert, weil i di vorher net kennt hab', Sepp?“.

*

Als Liesl Karlstadt einmal vor einer Runde mit Stolz erzählte, daß ihr der Münchner Bürgermeister Scharnagl zu Weihnachten ein Glückwunschtelegramm nach Berlin sandte und ihr bei seinem Besuch in Berlin anläßlich der Überreichung der Ehren-Urkunde eine Pralinenschachtel überreichte, mischte sich Valentin plötzlich ins Gespräch, zog seine Uhr aus der Westentasche und fragte stolz im Kreise sich umblickend: „Und was meinens, was des für a Uhrkett'n is? Schaun Sie sichs nur genau an! A Abortkett'n is, ein Stück Abortkette, gewissermaßen!“

*

L. N. erzählt: Meine Frau und ich sehen Valentin mit seinem Foxl Bobsi in den Anlagen spielen. Wir grüßen ihn. Er: „Eahna kenn i a no. Sie ham doch a Schirmgschäft?“ Wir teilen ihm mit, daß wir es vor Jahren aufgegeben haben. Valentin: „Ja aber“, er deutet auf meine Frau, „Sie ham doch noch an Schirm übern Arm!“

*

Selbst bei seinen größten Erfolgen im Berliner Kabarett der Komiker blieb Valentin der Eigenbrötler. Die verlockendsten Einladungen lehnte er sehr zum Ärger seiner Partnerin Liesl ab mit der lakonischen Bemerkung: „Geh, laß mi aus, mit der Popularität! Entweder d' Leit lacha, oder d' Leit lacha net!“ Sprachs und steuerte irgendeine Winkelkneipe an, in dem er unbekannt sein Erholungsquartl trank.

*

Im Freundeskreis erzählt Valentin: „Sie, gestern hätt i bald oan mit an Strohhuat g'sehng!“ Einer aus der Runde sagt zu Valentin: „Was heißt gesehen und bald! Entweder Sie ham oan g'sehng, oder Sie ham koan g'sehng!“
Valentin: „Doch ich hab gestern oan g'sehng, der an Filzhut aufghabt hat, der genau wie ein Strohhut ausgeschaut hat. Nur durch den Umstand, daß Dezember war, bin i drauf kemma, daß dös koa Strohhut war.“

*

Zu einem Reporter, der Valentin interviewen wollte, sagte dieser: „Was woll'ns wissen? Die Zeitungsfragerei hab i fei dick. Dö Lügerei geht auf koan alten Huat mehr!" Reporter: „Sehen Sie, Herr Fey, darum komme ich, um von Ihnen selbst zu hören, was Sie gerne essen, ob Sie eine Kachel- oder eine Blechwanne haben, welche Bücher Sie gerne lesen usw." Valentin: „Warten Sie, ich hab' ein dickes Buch, in dem alles wichtige über mich steht!" Ließ den Reporter allein und kam wieder mit dem — Adreßbuch, aufgeschlagen sein Buchstabe!

*

Zu Paul Morgan sagte Valentin einmal kurz vor seiner Reise nach Berlin: „Vor Berlin hab i Angst. Die Leut' renna so g'schwind, daß i mit mein Asthma bestimmt net mitkimm!" Valentin kam mit. Das Berliner Engagement im Kabarett der Komiker war für ihn der Durchbruch zur Berühmtheit.

*

„Als junges Kind las ich einmal einen wunderschönen Roman“, erzählt Valentin, „der hieß: Die vierzig Bankdirektoren!“ Einer der Zuhörer zuckt die Achsel: „Ich kenne lediglich Ali Baba und die 40 Räuber!“ „Ja, dös Buch moan i“, grinst Valentin.

*

Valentin steht an der Kinokasse, um eine Karte zu einem Film zu lösen, in dem er selbst mitspielt. Es gibt nur noch teure Plätze. Valentin: „Was? Oa Mark fünfzig, na dös bin i mir in dem Film net wert!“ Sprachs und ging.

*

Beim Friseur fragt Valentin: „Entschuldigens, können Sie auch rote Haare schneiden?“

*

Aus den Valentin-Annoncen.

Wissen Sie schon ... daß der Münchner lieber in die Pinakothek geht statt ins Hofbräuhaus?

*

... daß der Krieg 1870/71 um 29 Jahre kürzer war als der Dreißigjährige?

*

... daß München heute 76 Kinos mehr hat — gegen null Stück im Jahre 1848?

*

... daß ein weiches Ei nicht als Zahnstocher benutzt werden darf?

*

... daß Pfingsten vor Ostern kommt, wenn man den Kalender von hinten liest?

*

Zu seinem Bühnenmaler Greiner kam Valentin und suchte aus der Brieftasche eine zerknitterte Postkarte mit der Ansicht einer Altmünchner Bierwirtschaft „Zur Rosenau".

„Dö malst ma genau ab, ich hab's ausgerechnet, 1048 mal so groß wie de Kart'n brauch is als Hintergrund im Theater. Aber ganz genau so mit alle Blattl da auf dem Baum."

Das Bühnenbild zu seinem großartigen Sketsch „Feuerwerk in der Rosenau" war konzeptiert.

*

Gewissermaßen als Studie zu seiner Posse „Die Fremdenrundfahrt" ließ sich Valentin mit der Liesl Karlstadt in seiner Heimatstadt München mit einem Fremdenrundfahrtwagen herumfahren. Nach einigen unmöglichen Fragen wurde er vom Erklärer erkannt und war natürlich Mittelpunkt der übrigen Fahrgäste. Worauf er zur Liesl sagte: „Kimm, i glaub' de lacha über dich, mia lass'n uns a andere Stadt zeigen!"

*

Die alten Dienstmänner in München hatten an ihren Standplätzen kleine, meist selbst zusammengezimmerte Hocker, an denen seitlich ein Briefkasten angebracht war für eventuelle Aufträge in Abwesenheit des Dienstmannes. Am Isartor stand Valentin einst vor einem Dienstmann, sah ihn lange schweigend an und fragte schließlich: „Sie, ist jetzt dieser Sitzplatz auch Ihr Standplatz, wenn Sie sitzen?“ Der Dienstmann antwortete ihm mit einem klassischen Zitat, aber Valentin nahm das nicht zur Kenntnis, sondern beauftragte den dienstbaren Geist mit einem Brieftransport und belohnte ihn mit einem so ansehnlichen Trinkgeld, das dem Grantigen jede weitere Bemerkung vergehen ließ.
Valentin bekommt an einer Ladenkasse einen Zwanzigmarkschein gewechselt — drei Fünfmarkstücke und einen Fünfmarkschein. Um die Echtheit der Geldstücke zu prüfen, läßt er sie auf die Zahlplatte der Kasse auffallen. Auch den Schein. Er bemerkt dazu: „Hören Sie's, der is net echt, dös höre ich ganz genau! Dös is a Falscher!“

*

Valentin und Herr Branner verabredeten ein Telephongespräch zur Festlegung eines Termines. Nachdem Valentin nicht anrief, erkundigte sich Herr B. „Warum haben Sie mich denn nicht angerufen, Herr Valentin?“ Valentin erwiderte: „Ja mei, weils grad, wie ich Sie anrufen wollte, so stark blitzt hat!“

*

Ein „berühmter“ Mime kritisiert Valentins geringe Maske, er beanstandet, daß er sich zuwenig schminke. Valentin erwidert zerknirscht: „Ja, wissen's, i hab allwei Angst, daß mi na d'Leut nimma kenna auf da Bühne oder glei gar für an andern halt'n — dös mecht i dem net antun!“

*

Zu einem Photographen, der sich zu einer Aufnahme Valentins anmeldet, sagt dieser: „Geh', Sie kennen mich doch schon seit Jahren! Photographieren's mich doch auswendig!“

*

Ein Turm der Münchner Frauenkirche kann vom Publikum zwecks Aussicht ins Gebirge bestiegen werden. Valentin erkundigt sich an der kleinen Kasse am Turm nach dem Preis. Die Frau dort sagt ihm: „Zwanzig Pfennig!“ Valentin erwidert empört: „Was? so teuer seid’s es! Für einmal runterschaun, ein Blick zwanzig Pfennig!! Die Frau erklärt ihm, daß er doch einen ganzen Nachmittag oben bleiben könne. „Na, i möcht ja net obenbleiben — nur einmal runterschauen! Mich interessiert nur ein einziger Blick! Aber was kost denn das Hinaufschauen? Wissen’s von hier hinauf? Die Antwort war selbstverständlich: „Gar nichts!“ Valentin: „Na ja, da könnt man drüber red’n, wenn’s einmal so weit is! Wissen’s, heut hab ich nicht Zeit genug!“ Sprach’s und ging.

*

Zum Alteisenhändler Steininger in der Au kommt Valentin und will für ein „Ritterdrama im Winter“ einen alten Ofen kaufen. „Wissen’s ich brauch’ einen mit einem gotischen Ofenröhrl. Haben Sie so was vorrätig?“

*

Bert Brecht ladet Valentin zu einer der letzten Proben seiner „Trommeln in der Nacht“ ein. Eine Szene, in der Soldaten über die Bühne ziehen, gefällt dem Autor noch nicht. Er fragt Valentin: „Was ist denn los mit Soldaten, die in den Krieg ziehen? Was haben sie denn, was machen sie?“ Valentin erwidert prompt: „Was die haben? Angst haben's de Soldat'n, Herr Brecht!“ Brecht ließ die Komparsen schneeweiß schminken, und die Szene war wirkungsvoll.

*

Im Weinhaus Ketterl zeigte man Valentin einmal eine Besprechung des Kritikers Wilhelm Hausenstein. „Da sehn's Sie's selber, wia dö Zeitungen lüag'n. Da steht drinn — i bin ein Bruder des Don Quichote! Und i kenn den Herrn nicht einmal!“

*

WILHELM KUMM VERLAG
Offenbach a. M.

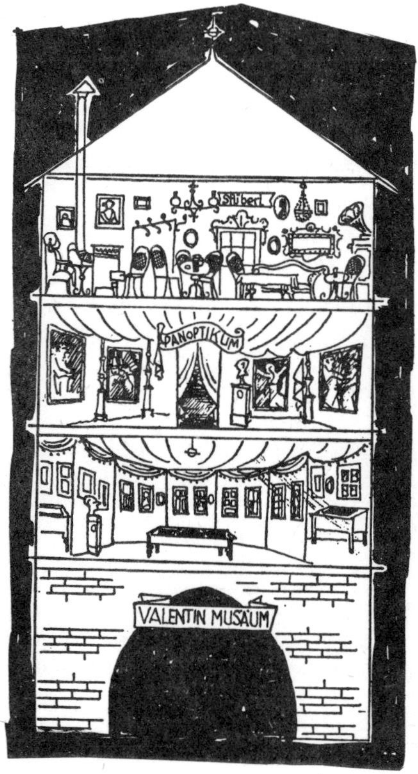
Stiberl
PANOPTIKUM
VALENTIN MUSÄUM

Wissen Sie schon, daß Valentin ein eigenes Musäum hat? Wenn Sie einmal in München sind, sollten Sie es besuchen. Es lohnt sich!
Wenige Minuten vom berühmten Hofbräuhaus ist es in einem alten Turm der Stadtbefestigung aus dem Jahre 1337 untergebracht.
Im Isartorturm im Tal erwarten Sie drei Stockwerke, angefüllt mit Curiositäten, Wachsfiguren und mit den sonderbaren „Ausstellungsstücken" des ehemaligen Lach- und Gruselkellers Karl Valentins. Z. B. „Winterzahnstocher", „Berliner Luft", „Geschmolzene Schneeplastiken" und „Kalter Dampf aus einer Schnellzugslokomotive" nebst vielem anderen!
Ganz oben, im Turmstüberl, einem Lokal aus der Zeit des Jugendstils, bewirtet man Sie mit original Münchner Weißwurstbrotzeit oder mit garantiert alkoholfreien Schmalznudeln zum Kaffee.
Mit Ausnahme von Montag ist das Musäum täglich geöffnet von 11.01 bis 17.29, auch Sonntag!

Mögen hät ma schon wollen aber dürfen ham ma uns net traut.

KUMM-OLOGIEN

die originellen Taschen-Bücher

100 Götz tut immer gut
Anekdoten und Witze um das Götzwort von Toni Budenz

101 Bodo Brodt's Kleine Kaffee-Stunde
mit vielen Kuriosa und Rezepten aus aller Welt

102 Ein fröhlich Herz ist die beste Arznei
Besinnliches von Martin Knolle, dem fröhlichen Pfarrer

103 Bitte mehr lächeln!
Ein Lotse für alle Lebenslagen und -lügen
von Franz Ulrich Gass

104 Bitte anschnallen –
zum Fliegen und Träumen über den Wolken
Ein Flugbrevier von Rudolf Braunburg

105 Alle meine Flüge
Fliegerisches – heiter und ernst – von Rudolf Braunburg

106 Welch ein köstlich Ding –
ist doch der Hering
Eine Kater-ologie mit vielen Rezepten von Toni Budenz

107 Eine Handbreit über'm Knie
Dufte Mini-Feten – arrangiert von Jan Herchenröder

108 Wer lacht – lebt länger
Witze aus allen Zonen und Zeiten – gesammelt von
Ernst R. Miller-Klinkmüller

113 Ich will mein Schulgeld zurück haben!
Eine heiter-kritische Abrechnung mit den Schulweisheiten
von Egon Jameson

114 Mit Bayern leben!
Briefe auf eine Glosse – Empfänger: Felix Rexhausen

115 Mit seinen Kindern bleibt man jung!
Berichte aus einer fröhlichen Familie von Martin Knolle

116 Karl Valentin –
Was war wahr? Was wahr war!
Anekdotisches – gesammelt von Hannes König

117 Willy Reichert: Mir reichert's!
Randbemerkungen eines Vierteles-Philosophen

118 Egon Jamesons Immerwährender Kalender
Heiter-besinnliches Geleit durch viele Jahre von Egon Jameson

119 Vergnügliches Kursbuch
für heitere Gesichts-Züge von K. H. Bodensiek

120 Medizynisches – unter die Haut gespritzt
Eine heitere Sprechstunde von Helmer Kuhnhardt

121 Gesangbuch für die Badewanne
Humor-Duschen in Prosa und Versen von F. U. Gass

122 Wer lacht – kneippt besser!
Eine heitere Kneipp-Kur von Toni Budenz

123 Wolf Dassels Sex-Witz-Box
Charmant - pikant und sexy

124 Ei, Ei, Ei – wie schön ist Zauberei
Kurioses aus dem Reich der Magie von Wilh. Widenmann